사랑 말고는 뛰지 말자

사랑 말고는 뛰지 말자

김용택의 3월

ㄴㄴ〉〈ㄷㄴ

차례

핵심의 전율

사실을 쓴다.

사실만이 숨을 쉰다.

사실인지 어떻게 아나.

사실을 어떻게 가려내나.

문제다.

내 눈에!

보이는 것이!

생각이 우위에 있나?

말은 이미 표현이 아니다.

새도 그림자도 비도 바람도

사실만을 보여줄까?

맞다!

맞다는, 생각이 맞아?

사실은, 사실이 없다.

말하자면,

'새가 뽕나무 가지 끝에 앉아 있다.'

어려운 말이다.

어려운 일이니까.

표현,

순간이 있고

지나간다.

일상,

세세하게 이어지는

단절,

사이,

틈,

없는,

그 일상의 숨막히는 핵심의 전율.

전율은 핵심이다.

핵심은 늘 도망가고

사실을 쓸 수 없다.

사실을 문장으로 만드는 것은 이미,

늦다.

그건, 이건 진실일까?

사실은 진실 앞에서 괴롭다.

실은 그것이 인간의, 고통의 전부다.

두려움 너머에는 무엇이 살까.

죽음 너머 같은 것이!

사실은 현상이고

진실은 표현이다.

진실에

놀랄 만한 객관은 없다.

개입이 있을 뿐이다.

진리는 싫다.

진리는 수많은 사람이 믿는 사실일 텐데

글쎄?

오랫동안 생명을 가지고

생명의 곁에서 생명으로

숨을 쉬고 있는 시?

생명은 죽는다.

그것만이 사실이고

진실이고 진리다.

삶은 헛되다.

오늘 입은 옷을

오늘 벗어 던진다.

타버린다.

낡은 말은 없다.

어제가 있었을 뿐

핵심의 전율,

모든 말은 거짓이다.

지금이 괴로우니까

내 옷을 벗는다.

3월 1일

일
기

한봄

1월이 가서 좋다.

2월이 가서 좋다.

3월이 와서 좋다.

나는 이제 우리 나이

일흔여덟 살의 3월로 돌아왔다.

3월 2일

일
기

팥

마을회관에서 마을 사람들과 팥죽을 먹었다.

팥은 이장네 것이다.

이장 어머니가 돌아가신 지 십이 년 되었다.

이장네 어머니가 보관해둔 팥이다.

이장 어머니가 이 팥을 몇 년 동안 보관해두었는지는

아무도 모른다.

팥죽 먹고 앉아 놀다가

마을 어떤 사람 이야기가 나왔다.

그 할머니가 돌아가시면서

남편에게 몇 년 살다 오라고 하셨다고

남편이 말하였다.

뭣허게, 그렇게 오래 살아.

바로 따라갈게 천천히 가고 있어.

진짜 그렇게 한 달쯤 집안 뒤처리하고

금방 따라가셨다.

3월 3일

일
기

삼진날

혼자 잤다. 일찍 일어났다. 혼자 듣는 빗소리는 크다. 누워서 빗소리를 듣다 비가 궁금하여 현관문을 열었다. 샘 물소리가 청량하다. 전신을 쓸어내려간다. 속이 텅 빈 비를 보고 있다. 겨울이 짧아졌다. 일 년이 짧아지는 것은 아니겠지?

집에 비 와 혼자다. 강물이 불어 강가 바위 몇 개가 보이지 않는다. 진달래는 화병에서 붉게 피고 강물은 탁하다. 나 홀로 강가에서 어두워진다. 천천히 그리고, 어느덧 재빨리 어두워졌다. 강에서 돌아왔다. 틀리지 않은 하루다. 까닭을 모르겠다 그립다, 고 혼자 서서 어디다 말해보았다. 괜히, 이상하였다.

비가 계속 왔다. 밤이 왔다. 저녁을 잘 먹었다. 정자 누님이 딸기를 가져왔다. 밤이 되어도 제비 안 오고 비 왔다 갔다.

일
기

새

0

새는 겨울바람을 이기는 법을 알고 있을 것이다.

실가지 끝에 맺혀 추운 겨울을 지내온 꽃눈과 잎눈은

사랑의 눈을 가려내는 안목을 갖추었을 것이다.

1

나뭇가지에 앉은 새를 보았어요.

바람 불면 당신의 옷자락을 두 손으로 잡을래요.

나의 사랑은 바람 속에 살고 있어요.

그 집에 나는 이따금 들려요

깃털을 날리며 바람처럼 웃었어요.

사랑이 의심스러워요

사랑은 늘 불안해요

내 삶이 무안하고

무한해요.

2

날아가는 새를 보았어요.

떠나가나요.

멀어지면 그리워요.

무엇인가 하나씩

잊히고 지워져요.

사라져버려요.

슬퍼요.

외롭고요.

나음 날이 사라지고

침묵이 찾아와요.

말의 빈자리가 넓어져요.

말이

삼켜지고

생략되고

혼자가 되어가요.

흐려져요.

흐려져서

눈을 비벼요.

어떤 것은 점점 지워져서

캄캄해서 놀라고

어떤 것은 점점 또렷해지며

확실한 실체가 되어

경악해요.

그렇게들 이별이

오지요.

그곳은

캄캄한 곳.

사랑이 사는 곳.

일
기

무채색

1

아침에 시언이가 할머니 할아버지 집에 나 혼자 비행기 타고 간다고 신발 신고 밖으로 나갔단다. 시언이는 여섯 살 내 손자. 지금 시드니에 있다.

2

아내는 날마다 저녁을 먹고, 민해하고 마을 회관에 간다. 따뜻한 방바닥에 몸을 누이고 논다. 점순이 엄마(83세) 큰집 형수(72세) 주성이 엄마(74세)랑 아무 이야기나 하며 논다. 고민 없는 대화가 아름답다. 우스울 때 맘놓고 크게 웃을 수 있다.

3

마을회관에서 이따금 점심을 먹는다. 내가 그 자리에 들고나는 흔적이 없을 때까지 나는 왔다. 그렇게 되었다. 내 모든 공부가, 아는 것이 다 마을에 소용없어지고 나는 마을에 없어도 되는 사람이 되었다. 헌옷을 벗고 내 몸에 맞는 새 옷을 입은 듯 지나온 옷이 낡은 옷이 되어 내 삶이 전부 홀가분해졌다.

점심밥을 먹고 회관을 나와 앞산을 보고 서 있다. 앞산 앞에 마을 사람으로 뒷산 나무처럼 서 있다. 산이 좋다. 처음이다. 처음이다. 산이 좋다. 푸른 소나무 몇 그루, 참나무와 팽나무와 밤나무 느티나무 밑이 훤히 보이는 그곳에 옛사람들, 겨울 산이 깨끗하다. 아름답다. 물소리는 바람 불 때 털어냈다.

3월 6일

동
시

학교

호주로 간 시언이는 아직 영어를 못한다.

몰라도 누구 하나 탓하지 않는다.

시언이는 유치원에 있는 동안

친구들과 한국말로 놀고 공부한다.

전혀 이상하지 않다.

시언이가 영어를 못한다고

그 누구도 시언이 마음을 구기지 않는다.

그 누구도 못 알아듣는다고 다시 묻지 않는다.

시언이는 집에 올 때 친구들에게

큰 소리로 명랑하게 한국말로 이렇게 말한다.

"애들아 내일 또 보자."

아이들이 다 영어로 대답한다.

아
포
리
즘

봄 물소리처럼 가난하게 서보자

○

늘 보이던 것이 오늘 새로 보이면 그것이 사랑이다. 아니면, 이별이거나.

○

당신 속에는 꽃이 숨어 있다. 아니, 꽃 속에 당신이 숨어 있다. 세상으로 이어진 모든 끈을 놓는 아름다운 자유, 나를 풀어버리는 해방, 견디고 참을 수 없는 광기, 그게 꽃이다. 당신은, 당신이…… 지금 꽃이다.

○

겉옷보다는 속옷이 깨끗한 사람, 속옷보다는 피부가 깨

끗한 사람, 피부보다는 그 속의 피가 깨끗한 사람, 맑은 피
보다도 영혼이 깊고 깨끗한 사람…… 이런 말도 모르고 그
냥 사는 사람.

○

까치집은 나뭇가지로만 짓는다. 그것도 죽은 나뭇가지
로. 새들에게는 죽은 잔가지도 살 집이 된다.

○

나도 꽃이고 싶어서, 나도 꽃같이 아름답고 싶어서, 나도
저 꽃처럼 내 인생의 꽃을 피우고 싶어서, 그래서 사람들은
중심과 절정을 꽃이라고 부른다.

○

목마른 대지에 비 내리다. 강 건너 마을 뒤에 은행나무도
샛노랗게 젖다. 젖어 산이, 강이, 빈 들이, 젖어 천천히 오래
눕다. 내 마음이 젖지 않으면 저 아름다운 젖음이 다 무슨
소용인가.

○

개망초꽃은 해사해. 개망초꽃은 아무리 들여다보아도 해사해. 가다가 돌아와 개망초꽃을 다시 들여다보아도 개망초꽃은 해사해.

○

아이들이 바람에 날리는 꽃잎을 따라다닌다. 가벼이 떠서 나는 나비떼 같다. 저 오래된 인류의 희망, 꽃이파리들이 하얗게 굴러가는, 아이들이 뛰노는 땅에 엎드려 입맞추다.

○

강물로 사라지는 눈송이들을 보리. 내게 사랑은 늘 그렇게 왔다 갔다네. 계절처럼 소리 없이 왔다가 소리 없이 사라지면서 잎 피고 바람 불고 눈 내리고 비가 왔다네.

○

열흘 가는 꽃 없다고 말들을 하지만, 우리는 늘 꽃 진 뒤에 그 뜻을 깨닫곤 한다.

○

이 세상의 수많은 별이 저렇게 반짝이며 살아가듯이 인
생도 그러하다. 누구의 삶이 더 빛나고 누구의 삶이 더 희미
한 것은 아니다. 삶은 다 반짝인다. 밤하늘의 별빛처럼, 별
이 반짝이듯이 지상의 모든 사람도 반짝인다. 풀잎 하나 나
뭇잎 하나 가만히 놓여 있는 돌멩이 하나가 다 지상의 것이
다. 삶의 뜻이다.

○

이 세상에 봄이 와서 풀과 나무에 꽃이 피듯이 당신 속에
도 꽃이 숨어 있다. 아니, 꽃 속에 당신이 숨어 있다. 그러나
지금 당신이 믿는 그 생각으로는 꽃 한 송이 피우지 못한다.
그 생각은 꽃이 되지 못한다. 진 짐 부리고 불끈 쥔 주먹 펴
기를. 세상의 모든 것을 벗어던질 광기가 그대 속에도 숨어
있다. 그 광기가 저렇게 다디단 꽃이 되리니.

○

모든 삶의 근심과 괴로움을 벗고 봄 물소리처럼 가난하
게 서보자. 가장 가난할 때 생각은 맑고 밝다. 우리도 저 피

어나는 꽃들처럼 환하게 마음을 다 열어보자. 가슴속에 아무런 사심이 없을 때 이 봄 당신도 꽃이다.

○

이 세상에 낡을수록 좋은 것은 사랑뿐이어서 오래된 나의 사랑 노래들이 새파란 싹으로 돋아난다. 사랑은 끊임없이 샘솟는 물과 같아서 늘 새로운 노래가 되어 세상을 적신다.

○

삶은 어쩌면 저 운동장가에 있는 미루나무 잎을 스쳐가는 바람 같은 것인지 모른다. 그래서 사람들은 한 계절의 모퉁이를 돌며 자기의 인생 꼬라지를 생각하고 들여다보며 외로워하는지 모른다.

○

살을 다 발라버린, 가시만 남은 고기처럼 마음이 앙상하게 초라해질 때가 있다.

○

생각해보면, 겨울날 아침 문을 열면 펑펑 내리는 눈송이 만큼 중요하지도 않는 것으로 사람들은 싸우고 죽는다.

○

사람들아! 된서리 친 초겨울 은행나무 밑을 지날 때 두 눈을 부릅뜨지 말고 큰 소리로 말하지도 말라. 은행잎은 바람 한 점 없이도 땅으로 가만히 내릴 줄 안다.

○

딱새는 살구가 익을 무렵 살구나무 가지를 포롱포롱 포로롱 날아다닌다. 나는 아이들과 새들이 나는 모습을 오래오래 바라본다. 그 새들이 마치 우리 아이들 같다. 세상을 나는 일이 어렵고, 낯설고, 서툴다. 그렇게 자기 새끼들을 키워 날려 보내면 새들은 자기들의 집을 버린다. 새들은 자기가 지은 집에서 새끼만 길러내면 집에서 살지 않는다. 그냥 자기들이 늘 자는 나뭇가지 위에서 잔다. 새들은 집을 버린다. 죽은 풀과 죽은 나뭇가지와 자기 깃털로 만든 집을. 그 집은 금세 자연으로 돌아가버린다.

○

무엇이든 바라보아야 생각이 우러나온다. 나무를 보고, 꽃을 보고, 세상의 것들을 바라보아야 생각이 쌓이는 것이다. 이렇게 생각이 쌓이고, 생각이 모여들고, 생각이 넓어지면 사람들은 세계를 인식하고 세계의 질서를 배운다.

3월 8일

일
기

베토벤과 슈베르트의 피아노

베토벤과 슈베르트는 걸어서 이십 분 거리

이웃 마을에 살았습니다.

베토벤이 위독하다는 소식을 전해 들은 슈베르트는

〈겨울 나그네〉라는 곡을 가지고 그를 찾아갔습니다.

둘은 처음 만났습니다.

슈베르트는 수줍음을 많이 타는 사람이었다고 합니다.

베토벤이 죽기 일주일 전이었습니다.

슈베르트의 〈겨울 나그네〉 곡을 본 베토벤은

슈베르트에게 소원을 물었습니다.

"저기 있는 저 피아노를 주세요."

베토벤과 주위 사람들은 안 된다고 했습니다.

베토벤은 1827년 3월 26일 운명하였습니다.

슈베르트는 베토벤을 운구하였습니다.

슈베르트가 장례를 마치고 돌아와보니

베토벤의 피아노가 집에 와 있었습니다.

슈베르트는 가난하여

그때까지 피아노도 없이 작곡하였던 것입니다.

슈베르트는 그 이듬해 31세의 나이로

죽었습니다.

이 이야기를 들은 나는

어제 보아두었던 우리집 뒤안

하얀 수선화를 보러 갔습니다.

두 송이가 더 피어 있었습니다.

순연해 보였습니다.

그래서 다시 보러 갔습니다.

3월 9일

일
기

기분 좋은 맛을 우려내준 슬픔

강연 갔다. 마을 사람들이 다양하게 왔다. 강연하다 두 번 울었다. 살기 힘든 이들의 고민 두어 마디가 마음에 닿아 나도 모르게 나의 진심을 보일 때가 있다. 생생한 다독임과 나무람이 사람들의 가슴에 사랑으로 닿아 나도 울먹이고 질문한 사람도 울먹인다. 말을 잇지 못하는 사연들이 벅차올라 삶을 울먹이게 한다. 삶은 이렇게 힘들고 이렇게 또 아름답게 만난다. 내가 사랑하는 사람들이다. 헤어지기 싫어 손을 잡고 따뜻한 마음들을 주고받는다. 아픔이 아름다움으로 변하는 강연이었다. 마음과 마음이 닿아 사랑을 불러내고 사랑이 닿아 눈물이 오고 눈물이 기쁨이 되는 순간들을, 행복을 우린 맛보았다. 가난과 약함과 슬픔에 한없이 고개 숙여지고 약해지는 나를 본 날이다. 슬픔이 얼마나 아름다운가. 슬픔이 고이고 넘치는 그 가난이 인간을 불러내서 마주세운다.

일

기

새들

○**까치**

아침에 까치 부부가 살림집 뜰에 와 앉아 무슨 일을 하고 있었다. 잔디밭을 돌아다녔다, 가까이. 입에는 아무것도 물려 있지 않았다. 내가 카메라를 들고 창문을 열자 한옥 마당가 감나무로 날아가 앉았다. 까치가 날아오를 때 틀림없이 감나무로 가 앉을 것이다, 고 생각했는데 그대로 되었다. 아침부터 하루종일 비가 천천히 내렸다, 조금씩 조금씩. 까치 날개가 희다. 까치가 집 지으려 죽은 가지를 꺾을 때 똑 하는 소리가 나고 하얀 젖은 수건이 땅에 떨어졌다. 올해는 까치가 서쪽으로 문을 내었다. 그쪽에는 초승달이 뜬다.

◦ 검은댕기흰죽지오리

천담 가는 길 강에 검은댕기흰죽지오리 세 마리가 놀고 있었다. 어제 분명히 네 마리였다. 걱정이 되었다. 무슨 일이 있나? 누가 총을 쏘았나? 더 내려가보았다. 그러면 그렇지 한 마리가 홀로 놀고 있다. 강을 더 따라 내려갔다 올라오며 보았더니, 네 마리로 완성이다. 나를 보면 놀란 듯 고개를 반듯하게 세우고 가만히 있다. 발도 가만히 두고 있을까? 한참 보고 서 있었더니, 움직인다. 물을 가르며 네 마리가 논다. 한꺼번에 일제히 물질을 했다가 나와 둥둥 떠 있다가 도로 물속으로 쏙 들어간다. 물이 맑아서 오리들이 물속을 헤엄쳐가는 것도 보인다. 물속에서도 빠르다. 사진을 찍었다. 나를 슬슬 피해 멀리 간다. 나는 이 오리들이 날아가는 것을 어제 한번 보았다.

◦ 나비

강아지 풀잎 속으로 들어가고 싶다. (봄이어서 강아지 꼬리는 나오지 않았겠지요.) 그때까지 기다릴 수 없다. 강아지풀이 하는 일은 하루종일 얼마나 경이로울까. 별이, 달이, 해가 내 머리 끝에 올 때까지 기다린다. 어떤 것도 따라가지

않는다. 또 온다는, 그것은 나의 믿음이다. 나비가 강아지
풀잎에 앉으면, 나비 발을 살살 긁어 간지럼을 타게 하고 싶
다. 나비가 웃으며 날아가다 돌아보는 얼굴도 보이겠지. 나
는 시인이다. 바람이 저쪽 명아주 잎에 앉아 있으면 이리 오
라고 불러 마음껏 흔들리고 싶다. 풀잎 속으로 들어가는 문
이 있을 것이다. 줄기를 타고 수액이 오르내리는 길을 따라
다닌다. 이슬로 가려는 나를 붙들어야지. 발자국 하나 없이
평생을 그 자리에서 서서 바람을 탄다. 뿌리를 두고 내 키만
큼 사방으로 얼마든지 흔들릴 수 있다. 내게는 손이 없어서
이마로 저쪽 별에 닿고 오는 그것이 나의 유일한 반항이다.
나도 사랑을 꿈꾸고 실행한다.

○ 딱따구리

뒤안 감나무에서 오색딱따구리가 감나무를 쪼고 있다.
딱따구리들이 나무 쪼는 소리가 많아졌다. 나무 쪼는 소리
가 경쾌하게 마을을 따르르 따르르 울린다. 딱따구리들의
나무 쪼는 소리가 경쾌해진 것은 나무의 몸이 달라졌다는
증거다. 딱따구리들의 나무 쪼는 소리가 많아졌다는 것은
나무껍질이나 썩은 나무 속에 벌레들의 움직임이 달라졌다

는 것이다. 며칠 전 눈이 오기 전에 울었던 개구리들이나, 잡목 숲의 실가지들의 색깔이 달라진 거나, 쌓인 눈이 땅이 닿은 눈속부터 녹는 거나 다 같은 자연의 변화다. 봄은 어디서 시작된 것이 아니라 동시에 그 변화가 시작된 것이다. 전체적인 변화다. 자연은 어떤 것을 먼저 선택하지 않는다. 차례가 없다. 동시에 시작된다. 모두 이어져 있다. 어마어마한 공동체다. 탈락은 죽음이다.

뒷산 큰 느티나무에서 오색딱따구리의 나무 쪼는 소리가 마을을 울렸다. 나무가 크기도 하고, 뒷산에 있어서 높기도 하다. 큰 나뭇가지들이 죽은 채 몸을 유지하고 있다. 추운 겨울철이면 새들이 앉지 않지만, 봄기운이 돌기 시작하면 새들이 먼저 알고 나뭇가지에 앉는다. 이른 아침에 커다란 어둠 뭉치가 있어서 저건 새다, 라고 생각하고 카메라를 가지고 창문을 열었더니, 창문 여는 소리를 알아듣고 새가 검게 날았다. 카메라 렌즈를 느티나무에 맞추고 딱따구리를 찾고 있는데, 웬 새가 카메라 정면을 향해 날아왔다. 어? 어? 하다가 셔터 누르는 것을 놓쳤다. 오색딱따구리가 우리 집 지붕 위를 넘어갔다. 얼른 반대편에 있는 감나무를 살폈

으나, 멀리 날아가버린 후였다. 오색딱따구리는 우리 한옥 앞에 있는 감나무에도 앉아 나무를 쫄 때도 있다. 감나무는 나무껍질 속에 벌레가 집을 짓고 겨울을 나기 좋은 환경인 가보다. 마을 앞 커다란 느티나무에도 더러 오색딱따구리 가 날아들어 나무를 쪼기도 한다. 작년에 아주 가까이에서 사진을 찍은 적이 있다. 나는 쇠딱따구리 사진을 여러 장 가 지고 있다. 멧새만큼 작은 이 딱따구리는 내가 산책 다니는 천담 가는 강길에 많다. 겨울 숲에서 나무 쪼는 소리가 들 리는데, 작은 소리다. 아름답다. 청딱따구리도 작년에 보았 다. 좀 크고 귀엽지가 않고 조금 무섭게 생겼다. 수컷 머리 정수리에 붉은 점이 크게 찍혀 있다.

3월 11일

동
시

아무렇지 않게

시언이와 영상 통화를 하면 시언이는 무조건
"나는 할머니 할아버지 집에 가야 돼요" 한다.
"한국에 갈 거예요" 한다.
"할머니 할아버지 집에 가고 싶어요."
그러다가 그것이 불가능하다는 것을 알고
"흐으응" 하며 금방 실망스러운,
그리고 금방 포기해야 된다는 것을 알게 된다.
우리들은 시언이가 한국에, 우리집에,
진정으로 오고 싶어한다는 것을 안다.
그 마음을 안다.
우리도 시언이가 그립고 보고 싶은 것이다.
인정이 있는 아이,

우리가 사랑하는 사람이다, 시언이는.

그리움과 사랑이 가득한 아름다운 아이다.

유치원 간 날 원장님이 인터뷰를 하고

(원장님은 영어로 시언이는 한국말로)

"뷰티풀 보이"라고 했단다.

그리고 그것을 훼손시키지 않는 것이 교육이다.

시언이는 영어를 모르지만

아무렇지 않게 학교를 다니고 있다.

말은, 모르는 것은 배우면 되는 것이지

어찌 하나도 안 틀리고

백 점을 맞을 수 있단 말인가.

그렇게 다 맞은 사람이 커서

돈만 많이 벌면 된다니, 어이없다.

모르는 그것으로

한 인간의 삶이 구겨지면 안 된다는 것을

시언이 유치원에서는 알고 있다.

3월 12일

일
기

첫발

1

정치적인 어떤 신호는 민감한 사회적인 현상이다. 위기든 희망이든 균열의 손톱 자국은 자라고 바람은 이미 어디서 새기 시작했다. 온전은, 영원은, 없다. 진리는 흔적도 없이 묻힌다. 해가 간다. 달이 온다. 바람이 인다. 누군가가 시대의 언어를 들고 오고 있다. 얼마나 작은 일로 우리는 생사를 건 씨름을 하는가. 가시덤불 위에서 바위 위에서 구름 위에서 헛발질을 위해 87년의 낡은 문법을 들고.

2

정치의 붕괴와 소멸로 우리 사회는 지금 정신의 사막화가 진행중이다. 낡은 정치의 균열이 이미 시작되었다는, 결

정된 결과이다. 그 신호는 참으로 괴이하다. 지난 세월에 한눈팔지 말라. 미련은, 미련하다의 다른 해석이다. 혀를 찰 일도 아니다. 미래는 늘 와 있다.

3

새벽 남쪽 하늘에 조각달과 그 곁에 별이 하나 반짝인다. 달과 별을 보고 서 있다. 꽃샘추위가 온몸을 덮고 살속으로 스며들어 내 몸 가득차다. 추위가 전신을 씻어내리는 시원한 목욕물 같다. 깨끗한 새벽 추위다. 산뜻하다. 이 첫발로 어디를 디딜까. 아름다운 순간이다. 어디든 디디면 첫발이 된다.

3월 13일

동
시

물고기 살려!

아침이면 일 톤 트럭이 마을을 돌며

"개 사요!"

"염소 사요!"

"고물 삽니다!"

"고장난 경운기 삽니다!"

어느 날부터 시언이가 큰 소리로

"물고기 살려! 물고기 살려!"

고함을 지르며 집안을 돌아다닌다.

어른들이 강물에 그물을 던져

물고기 잡는 것을 본 날부터다.

3월 14일

시

사랑에 대하여

바람에 대해서

아침 바람과 저녁 바람과

때늦은 봄바람의 꽃샘추위에 대해서

몰려다니는 여름 구름에 대해서

햇살에 대해서

비와 눈과 서리와 이슬에 대해서

느티나무 단풍과 팽나무 새싹과

앵두나무 우물가에 앵두 같은 입술에 대해서

봄맞이, 냉이, 광대살이, 씀바귀,

개불알꽃들에 대해서

가을 노란 산국에 대해서

산수국꽃에 앉은 부전나비에 대해서

우리가 생각하고 말하고 기억하고

그 꽃들이 피고 지는 날에 대해서

그 유일무이했던 날들에 대해서

그런 것들로 사랑을 예감하고

사랑을 나누던

풀밭에 바람을 잡고

이별을 통보하고

앉아 울고

금이 간 두 손을 잡고

울고

사랑은 가고

그 사랑에 대하여

3월 15일

아
포
리
즘

시인에게 죽은 것은 하나도 없다

○

봄에 핀 작은 풀꽃들은 우리가 사는 이 세상의 흔적 같다. 나는 꽃들을 따라다니며, 이 작은 생명들 곁에 엎드려 시를 썼다. 아니, 내가 시를 쓴 것이 아니라 이 꽃들이 나를 불러, 내게 이렇게 저렇게 시를 쓰라 일러주었다. 나는 다만 그들의 말을 받아 적었을 뿐이다.

○

살다보면 마음에 생각이 고일 때가 있다. 시인은 그 생각이 말이 되기를 기다린다. 그러나 그 생각들이 말이 되었다고 해서 바로 꺼내면 안 된다. 고인 말들이 익어 스스로 흘러넘칠 때까지 기다려야 한다.

○

시인은 만물의 소리를 다 듣는 귀와 세상을 다 보는 눈을 갖는다. 풀잎들이 바람을 타고, 풀잎에 새어드는 달빛의 소리를 듣고, 별들이 움직이고, 산이 숨을 쉬고, 나무가 수액을 빨아들이고, 낙엽이 뒤척이는 소리, 마른 잔디 위에 내려앉는 싸락눈 소리도 다 듣는다.

○

무애와 무욕, 몰입과 해방, 추락과 상승, 생과 사를 걷잡을 수 없이 넘나드는 무서운 속도와 정지, 세계를 향한 분노와 막강한 사랑, 있는가 싶으면 없고 없는가 싶으면 있는 치열한 자유, 저 충돌하는 빛의 세계, 빛처럼 사라졌다가 꺼져버리는 것, 그것을 시인은 쓴다.

○

예술은 죽어가는 것을 살리는 생명력이다. 밥 한 알 놓여 있는 모양에서 전 우주의 이치와 질서, 그리고 그 엄연한 존재들의 팽팽한 기운과 긴장, 존재들의 아름다운 조화를 읽는다.

○

시는 반짝이지 않고 지긋한 것이다. 시 속에서 사는 그 어
떤 것도 탐하지 않는다. 우리는 세상을 살아가면서 천지 사
방팔방이 꽉 막혀 더는 어떻게 하지 못하고 아무데나 그냥
쭈그리고 앉아버리고픈 인생의 캄캄한 앞에서 이렇게 탄식
한다.

"인생아, 너를 어쩌럴 허끄나."

○

어느 봄날, 달빛이 가득했던, 그 봄날 나는 비로소 툇마루
에 나와 앉아 강물에 죽고 사는 달빛을 바라보았다. 강굽이
를 돌며 부서지던 달빛과 물소리, 풀밭 위를 지나가는 바람
의 속삭임을, 바위 속 깊이 파고들던 달빛 울음과 달빛을 받
은 풀잎들의 그 노래를 들었다. 이유가 있을 리 없는 존재
의 아름다운 노래를 나는 들었다. 편했다. 나는 방에 누웠
다. 달빛이 내 몸을 덮어주었다. 나는 새벽잠 깊숙이 빠져
들었다. 강물로 무수히 뛰어들던 눈송이들을 보았다. 그때
두 눈을 뜨고 겁 없이 강물로 뛰어들던 그때, 긴 침묵을 뚫
고 시가 내게로 왔다. 내 지친 발등을 환하게 밝히며, 시가

내게로 왔다.

○

시는 삶의 핵심을 찾아가는 여정에서, 삶의 파편들이 서로 맞부딪치며 일으키는 현란한 불꽃놀이다.

○

시인은 늘 새로운 눈으로 세상을 해석한다. 거대한 사상이나 거대 담론들도 시의 일상성에는 맥을 추지 못한다. 시는 인류 앞에서 늘 최초의 말이다. 그 말을 가지고 사람들은 세상의 첫마디를 하는 것이다.

○

나는 시를 쓴다기보다 시를 그리는 편이다. 가지에 하얀 눈을 가득 안고 있는 겨울 웅달의 나무들은 아름답다. 그런 모습은 오래오래 내 가슴에 그려져 있다가 어느 날 문득 시가 된다. 그 어느 날이 어느 날일지는 나는 모른다. 그러므로 시인은 오래 기다릴 줄 아는 사람이다. 그 기다림이 오랜 세월 가슴에 묻혀 있다가 시로 살아난다. 시인에게 죽은 것은 하나도 없다.

○

낡은 말은 세상을 죽인다. 새로운 말을 찾을 때다. 시는
세상을 살리는 말의 축제다. 축제를 잃은 말들이 시가 되어
세상을 두 번 죽인다. 치열함, 삶의 핵심을 간파하는, 살아
나는, 살려내는, 살아 있는 말.

○

시에게— 정중하리라. 말을 아끼리라. 조심스럽게 시작
하리라. 오래 참으리라. 오랜만에 오는 연인이리라. 너는
너무 깊고 깊은 데 있어서 내 손은 닿지 않고 내 영혼이 너
를 길어오리라.

○

나는 고급스럽고 점잖은 내실의 예술보다 걸판지고 걸쭉
하고 덜 세련되고 투박하고 서툴고, 그러면서도 그런 것까
지 다 살려 아우르는 민중의 예술을 사랑한다. 나는 심각해
지기를 극히 싫어한다. 어떤 사실의 이면을 될 수 있으면 무

시하고 또 잘 보지 못한다. 나는 그냥 눈에 보이는 것, 마음에 그려지는 그 무엇을 좋아하고 읽으려 한다.

○

진지함과 진정성은 사람들에게 감동을 준다. 삶이 그러해야 하고, 예술이 그러해야 하고, 정치가 그러해야 한다. 인간의 행위가 자연에 가장 가까워야 한다. 그래야 그 빛이 아름답다.

○

힘이 있는 글은 현실을 깊이 성찰하는 데서 나온다. 세상과 같은 눈높이에서 길어올리는 힘있는 생각과 글은 사람들 마음으로 옮겨가 그 마음을 움직인다.

○

인간들이 만든 사회는 싱그러운 자연이어야 한다. 사회를 지탱하는 것은 생명력이다. 이론과 이념의 죽은 말들이 많은 사회는 병든 사회다. 병이 깊으면 회생 불가능하다. 자정 능력이 있는 사회는 건강한 사회다. 그러하니, 죽임으로부터 끊임없이 싸우는 시가, 철학이, 예술이 필요하다.

○

훌륭한 그림은 한 장의 그림 속에서 어떤 부분을 떼어놓아도 독립된 한 세계를 완성해놓는다. 한번 그어내린 붓자국이 다른 붓자국들과 긴장을 일으키며 동시에 어우러져야 한다. 새로운 세상을 창조해내지 못한 그림은 죽은 그림이다. 나는 그림 속에 놓여 있는 사물들의 살아 있는 숨결과 그 긴장이 좋다. 그러나 좋은 화가는 다시 그 긴장을 풀어헤치고 자유를 얻는다. 눈부신 자유를 얻는 일이야말로 모든 예술이 도달해야 할 그 어떤 경지이다.

○

설명은 시가 아니다. 현상에 대한 즉각 반응은, 자연 현상이든 역사적, 사회적 반응이든 어떤 것도 해석하고 설명하게 된다. 소재주의는 시의 초보다. 그에겐 진기珍技가 있다. 그의 시에선 때때로 세계를 드는 무게가 느껴진다.

○

시인은 혁명을 꿈꾸어야 한다. 시인은 본래 혁명가이고 시대를 거부하는 자들이다. 시인의 마음은 늘 메뚜기가 뛰는 가을 들판 같아야 한다. 때로는 벌집을 건드리는 사람이어야 한다. 기도가 다 이루어지지 않듯이 모든 혁명도 이루어지지 않기 때문에 시인은 혁명을 꿈꾼다. 시인만이 진정한 패배자가 될 수 있다. 패배를 해도 시인은 가을 하늘의 서쪽 노을을 바라볼 줄 안다. 시대에 절망해도 풀꽃이 핀 산길을 시인은 걷는다.

○

간절한 것은 절실한 것이고 절실한 것은 다 절절하다. 그리움을 가슴 가득 안고 보낸 가을밤의 사랑은 절절하다. 절절한 것은 감추지 못하고 저절로 우러나온다. 저절로 우러나와 타는 가슴을 적시는 다디단 생수, 그게 시다. 시여! 콸콸 솟아라! 상처난 내 살에서.

3월 16일

일
기

이게 맞는지 모르겠다

　노동은 온몸을 써서 질서를 찾아 완성해가는 일이다. 온몸이 힘들게 일을 하는 것이다. 온몸에, 가장 많이 써야 하는 몸에 무리가 가해지는 것이다. 특히 허리를 팔과 다리에 무리하게 가혹하게 쓰는 일이다. 그리하여 아프다. 그곳이 아픈 것이다. 몸을 다 써서 하는 일. 옛날 어른들이 내 몸이 쇠였다면 진즉 다 닳아져버렸을 것이다, 라는 말을 많이 했다. 쇠보다 더 강한 것이 사람의 몸뚱이다.

　꽃밭 둘레석을 놓았다. 자연석이다. 아침에 손수레를 끌고 마을을 돌아다니며 버려진 돌들을 주워 담아왔다. 모양이 아무렇게나 생긴 것들을 주웠다. 두 번 주워왔다. 둘레석 놓을 자리를 먼저 대충 파놓고 차례차례 한쪽부터 돌을 놓아간다. 앞면과 윗면을 맞추어간다. 아무렇게나 생긴 돌들을 이리저리 면과 면을 맞추다보면 희한하게도 조금씩만 땅을 골라도 내가 원하는 모양이 나온다. 돌들을 다 놓고 바라보면 어쩌면 돌들이 저렇게 서로 맞아떨어지는지 놀랍다.

마당 네 군데 꽃밭 테두리를 다 만들었다. 서로 선들이 잘 맞고 이어져 좋은 모양을 이루어 조화롭다. 마당이 완성되었다. 전체적인 일관성이 통일을 이루어 체계를 만들어냈다. 잘되었다. 철학이고 시다. 돌 하나하나가 다 아름다워 전체가 아름답다. 놀라운 성취다. 땅을 파다보면 이따금 개구리들이 땅속에서 꼬무락거리면서 뛰어나온다. 놀라워 어쩔 줄을 모르겠다. 지금 나와도 되나. 다른 곳으로 가져다 묻어준다. 이게 맞는지 모르겠다.

동
시

우리 마을에 예쁜 것들은 다 나한테 들킨다

나는

냉이.

꽃은

흰색.

키도 작아.

꽃은 더 작아.

해지면 꽃잎을 닫아.

점점 어두워지면 점점 희게 보여.

해 떠야

꽃잎을 열어.

구름이 있으면

머뭇거려져.

그래도 꽃송이로

온전히 있어.

해가 나면

활짝 열어.

해와 바람이 좋아.

따뜻하게 흔들리거든.

흔들릴 때 좋아.

휘어지면 너도 볼 수 있어.

그것은 내게 놀라운 여행이야.

어느날 시인이 와서 무릎을 꿇고

팔 굽혀 팔목을 짚고

한쪽 얼굴을 땅에 대고

우릴 보았어.

시인은 눈을 크게 뜨고

입을 크게 벌리고

놀랐어.

발을 가만가만 조심조심 내디디며

우리를 피해 길로 나갔어.

이따금 시인이 와서 사진을 찍어가.

그리고 이렇게 글을 써놓은 걸 보았어.

'우리 동네에서 예쁜 것은 나에게 다 들켜'

이렇게.

일
기

할머니가 꽃을 혼낸 날

1

햇살이 좋다.

밖에 나가지 않았다.

부는 바람만 창밖으로 내다봤다.

나무들이 흔들리는 것을 보았다.

매화 꽃가지를 몹시 흔들고 있다.

3월 바람은 차고 힘차게 나무들을 흔든다.

죽은 가지는 부러뜨리고

마른 풀은 쓰러뜨려놓는다.

할머니한테 혼난다.

할머니한테 혼나야 멀리 가는 지침이 된다.

혼나야 울면서

독립하여 자리잡는다.

2

새로움이 전체적일 때 혁명이다.

자연에서 파급은 없다.

동시에 봉기한다.

3

나를 폭파하고

해체하라.

새로 조립하라.

바람이 가게 두라.

꿰매려 들지 마라.

앞산 소나무가 푸르구나.

어떻게 할 수 없다.

돌릴 수 없다.

살릴 수 없다.

잡을 수 없다.

손은 필요없다.

앞산은 없다.

4

바람이, 찬바람이 불었다.

날씨가 을씨년스러웠다.

봄날 특유의 거친 날이다.

춥고

나는 때로 내가 생각하기에도

옹졸한 언행을 저지른다.

어떤 '곳'에서 '것'에서 탈출하기 위해서인데

구덩이를 더 깊이 파며 그곳으로 빠지며

허우적거리는 하수를 둔다.

내가 내게 곤혹스럽다.

그러고 보면 그것은 못난 짓이다.

나는 정말 못난 놈이 확실하다는 결론을

내가 확인한다.

괴이한 일이다.

만회를 위한 노력이 패착이 된다.

어떤 노력도 하지 않고 그냥 잊고 있으면

지나가 해결이 되어 있다.

순간을 건디지 못하거나,

패착은 순간에 결정난다.

5

우리가 사용하는 많은 말이 내게 와서

내 삶을 새롭게 해석해 나의 세상을 넓혀준다.

또 그 말이 어느 날 문득 내게 다시 와서

또 그렇게 새로 해석해서 새로운 세상을 읽게 한다.

어떤 말의 확대와 확장은 놀라운 흥분을,

삶의 경이를 보여준다.

그것은 아름다운 변화,

나는 그 말의 진의에 다가간다.

얼마나 많은 말이,

또 어디서 본 듯한 말의 얼굴들이

나를 놀라게 하는가.

말들이 주는 뜻의 넓이와 깊이와 높이는

내 마음은 찬란하게 열어간다.

그 많은 말은, 나를 괴롭히고 고통을 가져다주며

내 사랑을 채근하고 채찍질하였다.

모든 말은 아프고 아름답다.

말들은 세상을 향해 나뭇가지들처럼 뻗어나가

세상을 만나 어루만지고 바람을 맞이한다.

나는 눈물을 안다.

같은 말이라도 어제의 말과 오늘의 말은 다르다.

현실은 살아 움직이며 끝이 없이 말을 만들어낸다.

해석은 시인의 운명이다.

나는 어찌 저 강과 산으로

사랑을 아는 시인이 되었던가.

6

꽃 아래서는 다 가난해질 수 있다.

깨끗하게 가난해야

아름다울 수 있다.

아름다움은 아무것도 가진 게 없다.

이끼를 보았다.

이끼도 꽃을 피운다.

올해는 이끼꽃

보는 시간이 많았다.

이끼꽃은 자기처럼
보이지 않은 작은 비가 와야 받아든다.
자기 힘으로 들고 있을 수 있을 만한
크기와 무게를 받아 달고 있다.
휘어지지 않을 고통의 특이점을
그들은 알고 있다.

나는 그 손들을 보러 간다.
그것은 자신을 아는 아름다운
무아, 무심, 무대책, 무시, 방관이다.
자유다.
정의다.
생명을 지키는 균형감이다.
사랑만이 그것을 이룬다.
세상의 생존을 지킨다.

나는 이슬을 깨우지 않고 멀리 돌아간다.

7

용서

될 때

그때

꽃은

핀대요.

그러니까

티 없을 때

그 사랑을

버리고 일어설

그때

시는

완성된다네요.

아까 본 그 꽃이

이제야

그런다고

그러네요.

지난

후에.

3월 19일

동
시

까치 눈이 캄캄해요

까치가 방 앞뜰에 날아왔어요.

비는 봄비, 비가 왔지요.

노란 잔디가 젖었어요.

까치는 마을에 한 쌍이 살아요.

날개를 접고 두 다리를 모아

폴짝폴짝 뛰어왔어요.

한 마리는 저쪽 샛노란 복수초 옆에 서 있고요.

비가 왔지요. 가만히 보면

젖은 잔디 속에서 새싹이 돋아나요.

까치가 창 가까이 몇 발 더 뛰어왔어요.

내가 보았지요.

까치도 나를 보았어요.

비는 봄비, 비가 왔지요.

까치 날개에 빗방울이 또르르 굴러가요.

야! 너 나 아니?

집은 다 지었니?

까치가 나를 똑바로 바라보았어요.

할아버지, 까치 눈이

캄캄해요.

3월 20일

일
기

춘분

오늘도 바람 불고 춥다.

우리나라 어디서 눈 온다.

그 찬바람이 우리 마을로 온다.

우리나라 어디서 소낙비 내리면,

우리 마을이 덥다.

소낙비에 더위가 우리 마을까지

쫓겨오기 때문이다.

해의 길이와 밤의 길이가 같은 날이다.

이런 날도 있다.

그것은 운동,

인간의 정신을 일깨우는 운동이다.

아름다운 우주의 섭리다.

3월 21일

시

시와 제목 사이

1
우리는
너무 많은 것을 잊었다.
잃었다.
그리고
너무 멀리 와버렸다
돌아갈 수 없다.

그리 오랜 세월이 아니었다.

아내가 딸이 내 마을 시를 읽고
한 말이다.

2

어제는 춘분

오늘의 해 길이가 당신에게로 기울어졌답니다.

하루, 종일 그렇게 있을게요.

시 제목은

'내 사랑의 전부'로 할게요.

아니, 시 제목을

'하루, 종일'로 할까요.

당신은

어떤 게 좋은가요.

당신이 하자는

그대로 할게요.

아
포
리
즘

그러나 사람보다 큰 책은 없다

○

내가 이 세상에서 사라져도 창문은 남을 것이다. 한때 내 삶의 순간을 잡아 비춰주었던 정말 별볼일없이 평범한 창문. 그러나 이 세상에 단 하나밖에 없는 창문, 그 창문의 아름다운 풍경들이 삶의 순간들이…… 인생은 지나간다.

○

이 세상의 모든 집은 '그의 집'임과 동시에 '우리들의 집'이어야 한다. 벌레나 새의 집처럼 말이다. 자기 집만 생각하고 자기 집만 잘 짓고 홀로 잘 살면 그처럼 무서운 집도 없겠기에 말이다. 아무리 좋은 집을 지어도 그 집에 사는 사람들의 마음에 세상을 사랑하는 '마음의 집'이 없으면 무슨 소용일까.

○

사랑의 길에 들어선 사람들의 발걸음은 가볍고 경쾌하며
겁이 없다. 겁 없는 세상, 두 눈을 똑바로 뜨고 겁도 없이 사
랑을 향해 달려가는 사랑은 강물 위로 사라지는 눈송이들
처럼 아름답다. 겁도 없이 두 눈을 똑바로 뜨고 강물로 사
라지는 저 수많은 눈송이처럼 말이다. 사랑도, 삶도 순식
간이다.

○

청춘이라는 말에는 불안이란 말과 방황이란 말과 사랑이
란 말과 연애라는 말과 그리고 절망이라는 말과 이별이라
는 말들이 따라다닌다. 청춘은 불완전한 말들의 소용돌이
다. 허공을 떠돌다 깜박 사라지는 눈송이 같은 말이기도 하
다. 누구나 다 그렇게 열병처럼 지나가버린 청춘 시절의 통
증과 슬픈 이야기 위에 집을 짓고 살아간다.

○

그대들이 짊어진 그 무거운 짐들, 저 매화나무 아래에다 다 부려라. 꽃잎 뜬 강물에 그대 두 손에 쥔 것들 다 놓아버리고 가난한 몸과 마음으로 서서, 매화야! 매화야! 섬진강에 지고 피는 매화야, 이렇게 한번 속으로 매화를 불러본다. 꽃피고 새가 우는 이 좋은 봄날에 피고 지는 꽃 한 송이 없다면, 이 봄이 어찌 봄이고, 이 생이 어찌 생이겠는가.

○

진정한 사랑이라면 그 말이 진실이어서 그 말 속에 거짓이 없으니, 그 말이 세상의 허물을 알게 한다. 단정해지고, 단순해지고, 진실에 다가가 내가 가지고 있는 허식을 벗게 한다.

○

마음이 열려 있는 사람은 한 송이 꽃을 보고도 세상의 이치를 끌어내고 세상에 대한 사랑이 싹틈을 눈치챈다. 본다고 해서 모두가 다 얻는 것은 아니다. 깨달음을 주는 것들은 크고 작음이 아니고 길고 짧음의 시간이 아니다. 맑고 깨끗한 정신을 가진 사람들은 깨달음이 순간에 온다.

○

사람들은 책 속에 길이 있다고 한다. 맞는 말이다. 그러나 사람보다 큰 책은 없다. 사람이 길이다. 이 세상의 처음도 끝도 사람이다.

○

한 걸음이 두 걸음이 된다. 두 걸음이 되면 세 걸음은 쉬워지고 열 걸음이 되면 열한번째 걸음은 더 쉬워진다. 그 힘이 천 걸음을 딛게 한다. 땅이 울리리라. 한발 내딛는 그 발걸음이 늘 새 걸음이어라. 새로 닿는 땅이 환하게 눈뜨는 새 땅이어라.

○

자기에게 처한 어려움들을 잘 들여다보면 그 끝이 보인다. 어느 구석이나 어느 굽이나, 그 일을 해결할 실마리가 보인다. 그 실마리 끝을 잡고 천천히 따라가면 환한 끝이 반드시 보인다. 잘못은 늘 나한테 있다. 그 끝에 내가 있다.

○

고민과 고뇌는 삶의 질서를 재탄생시키고 삶을 새로 세우는 철학을 탄생시킨다. 모든 것으로부터 가해지는 아픔과 기쁨, 환희이며 동시에 절망이다. 새벽이며 동시에 저물녘이고 삶과 죽음의 경계를 지우는 영원의 시작이다.

○

우리들은 하찮은 풀잎 하나, 나무 한 그루를 자세히 보는 공부가 지금 필요하다. 풀이 자라고 나무가 자라는 것처럼 우리도 그렇게 살아야 한다.

○

진실은 태양과 같은 것이다. 진실을 가진 자는 떠오르는 태양처럼 두려움이 없다. 아무리 먼 곳이라도 그 빛은 찾아가고 아무리 작은 풀잎에도 그 빛은 가닿는다.

○

세상으로부터 오는 병도 실은 다 자기가 만들고 자기가 키운다. 병은 늘 그렇게 자기 자신이 키우고 만든다. 손에 들고 있는 것들을 놓아라. 마음에 담아둔 것을 비워라. 어디든 쉴 수 있도록 몸과 마음을 풀어라. 한 사람을 사랑할 때처럼 그렇게 만족하라.

○

고립은 사람을 강하게 단련시키고 성숙시킨다. 외로움의 집이니까. 그 집은 세상과 닿을 수 없는 자기만의 성이니까. 벌레가 집을 짓고 홀로 긴 겨울을 보내는 것처럼, 알 껍데기 속에 숨은 새 생명처럼, 고립은 스스로를 감옥에 가두고 정신을 훈련시킨다. 성장을 위한 자발적인 통증이다.

○

아, 인생 들자니 무겁고 놓자니 깨지겠고 무겁고 깨질 것 같은 그 고독을 들고 아등바등 세상을 살았으니 산 죄가 크다.

○

더 두고, 더 먹고, 더 가고, 더 살려고, 삶을 늘리지 말라. 사람들은 어제의 걱정을 도로 가져오고 내일에서 근심을 미리 사온다. 그리고 오늘은 제 무덤을 제가 판다.

○

진보의 개념을 다시 써야 한다. 경제적인 부를 찾는 것을 진보라고 할 수 없다. 안락과 편리한 생활은 대량 생산과 대량 소비를 부르고 그것은 자원 고갈을 부른다. 이로써 죽어 가는 자연과 인간성을 진보라고 말할 수는 없다. 역사란 인류가 행복을 찾아가는 길의 기록이어야 한다.

○

세상에 존재하는 모든 것, 내가 지금 하고 있는 짓, 지금의 내 생각들을 있는 그대로 인정하는 것, 그것이 자유다.

시

사랑 말고는 뛰지 말자

가뿐가뿐

바람같이

바람아!

누운 풀잎들 위를 내용 없이 지나

강으로 가자.

바위들이

말을 버리며

산을 굴러내려와

강가에 우뚝

서면

산 넘어 구름이 얼마나 홀가분하고

좋을까.

사랑 말고는 뛰지 말자.
아직은 생명이 다 오지 않은
마른 풀밭에
햇살이 부서져 튀는
봄날에는
환장하고
미치면 된다.

장작불 때는 무쇠솥에서
뜨거워 홀홀 뛰는
참깨를 보았느냐.
사랑 말고는
뛰지 말라.

동
시

이슬과 별

시언이 아침부터 뭐하니?
이슬 보고 있어요.
이슬 속에 내 얼굴이 있어요.
떨어지려고 해요.
손으로 받으려고요.

캄캄한데 시언이 뭐하니?
별을 보고 있어요.
별들이 쏟아지려고 해요.
두 손으로 받으려고요.

별을 받아 뭐하려고.

할머니, 할아버지께 드릴게요.

일
기

모든 자연은 지금 자라고 있다

1

비다. 비가 왔다. 이상하다? 비가 오다니? 내가 살아 있을까? 로뎅이 이런 말을 했다. 사랑하고 감동하고 희구하고 전율하며 사는 것, 이라고. 나는 이중에서 전율이 좋다.

2

오늘은 어젯밤 비와 따뜻한 기운으로 어제와는 다른 아침을 보여주었다. 산이 뽀얀했다. 실가지 끝에 잎눈 꽃눈이 튼 것이다. 가지를 뚫고 나온 눈의 색들이 나타난 것이다. 하루종일 자연의 변화를 따라다니느라 바빴다. 어제와는 다른 오늘 아침, 내일 아침이 기대된다. 나는 지금 가슴이 뛴다. 나무들은 풀들은 씨앗들은 벌레들은 지금 쉬지 않고

내일을 만들고 있다. 저녁에 텔레비전을 보았는데 대나무
밭 죽순은 하루에 일 미터도 더 자란다는 말을 들었다. (내
키는 그때 뭐하고 있었을까?) 모든 자연은 지금 자라고 있
다. 크고 있다.

3

그 많던 물까치가 보이지 않는다. 겨울 동안 마을에서 살
더니 어딘가로 사라져서 이따금 몇 마리씩 보이다 만다. 산
에 먹이가 많고, 짝을 찾아 어딘가에 둥지를 틀고 알을 낳고
있을 것이다. 새들의 둥지는 아름답다. 둘이 들어가 있으면
온몸이 닿을 수 있게 작다. 비도 온다. 재수 없는 봄에는 눈
도 온다. 달이 지나간다. 별들이 들여다보기 좋다. 바람이
집을 흔들어준다.

풀, 새털, 우리집 마른 잔디, 잔디 뿌리, 어느 날 참새가 작
은 나뭇잎을 따 물고 전깃줄에 앉아 내 눈치를 살피고 있는
것을 보았다. 나는 새들의 다음 동작을 알아가고 있다.

4

좋은 생각이 그렇게 쉽지 않다. 신중하라. 확실하지 않
다. 건들지 마라. 기대게 하지 마라. 바깥바람같이 지나간
다. 나뭇가지와 새처럼, 몰래 구름 같아야 한다.

5

지혜는 일이 끝난 후에 찾아온 생각의 말이다. 내 깨달음
으로는 내 삶의 어떤 문제도 해결하지 못하였다. 그때 생각
대로 오늘이 해결되지 않는다. 아침에는 서리가 하얗게 깔
린 강길을 걸었다. 해는 뜨지 않았다. 나에게 집중하였다.
냉정하게 생각을 거부하는 정갈한 하늘이다. 발이 귀가 얼
굴이 시렸다. 집에 와서 따뜻한 이불 속에 발을 들이밀었
다. 천천히 몸이 녹았다. 정말, 아주, 좋았다. 누가 안아주는
것처럼 포근하였다.

6

비가 오는 날이다. 유리창에 빗발이 들이친다. 차갑고, 어
지럽다. 나는 어디를 가는가. 무슨 생각을 하는가. 멈추어
라. 비야. 길바닥 작은 상처에 고인 빗물에 떨어지는 작은

빗방울이 만드는 파문을 보았다. 파문은 지워지고 나타나고 지워졌다.

7

아침 산책 나왔다. 강 건너로 갔다. 해 뜨기 전이다. 서리가 하얗게 내렸다. 마른 풀잎이나 실가지가 하얗다. 내 코 앞 작은 바위 둘레에서 수달이 놀고 있다. 바위 둘레에서 물방울 거품이 뽀골뽀골 올라오고 있다. 가만히 보고 있었다. 수달이 물속에서 쏙 올라와 바위 위로 올라섰다. 나와 눈이 마주치자 기겁을 하고 물속으로 달아나버렸다. 귀엽고 예쁜 어린 수달의 앳된 얼굴을 기억하게 되었다. 초롱초롱한 그 눈동자도, 놀라움이 순수하였다. 독립된 지 얼마 안 되어 보였다. 몸도 작았다.

8

마을 앞 커다란 느티나무 위에 집을 짓고 사는 까치가 집을 수리중이다. 지붕 너머로 까치 집이 보인다. 시를 읽고 있었다. 까치가 뒤안 감나무 밑으로 날아가 앉는다. 시집을 들고 창가로 갔다. 까치가 무슨 일을 하고 있다. 아하. 땅에 떨어진 죽은 감나무 가지를 입에 물고 앉아 있다가 까치 집을 향해 날아간다. 커다란 나뭇가지를 물고 날아가는 까치의 몸이 무겁고 힘겨워 보인다. 우리 마을에 사는 새 중에 까치만이 작년 집을 수리하여 지낸다. 그렇게 집을 수리하여 몇 년 살다가 집을 지은 나뭇가지들이 삭아버리면 다른 곳에 집을 짓는다. 집 뒤안 감나무 위에 몇 년 동안 집을 짓고 살던 까치들이 오래되어 허물어진 집을 버리고 마을 앞 커다란 느티나무 위에 새집을 짓고 지금 몇 년을 살며 올해를 지낼 집을 수리하고 있다. 봄이 오고 있다는 소식을 나는 까치가 집수리하는 것을 보고 안다.

9

의외의 일로 의외의 사람이 의외의 말을 한다. 한 수를 배운다. 삶의 고난을 이겨내며 얻은 말은 누구의 것이든 뼈 아프고 여기 와서 아름답다. 정신이 번쩍 들 때가 있다. 평범은 마음을 씨 뿌릴 밭처럼 골라준다. 흙은 아름다운 인류의 미래다. 공기가 햇살이 비가 구름이 지나간다. 그것은 억만의 생명이다. 〈현역가왕〉이라는 연예 프로를 본다. 누가 이야기했는지 모르겠다. 어떤 가수의 노래가 끝나고 어떤 작곡가가 그 가수에 대한 평을 한다. "많은 것을 내려놓고 노래하셨다. 편안하게 잘 들었다." 편안하다는 말 속에는 아름다운 생명의 가족들이 살고 있다. 그것이 인류를 지탱시켜준다.

3월 26일

일
기

이 작은 집이 나의 시다

　산책 갔다 오는 길이었다. 아침 아홉시쯤 우리 한옥에 햇살이 찾아들어 집 전체가 환했다. 강 건너에 서서 보았다. 햇살이 집을 감싸고 있는 것을 처음 보았다. 앞산이 높아서 해가 늦게 뜬다. 집이 작고 아담하였다. 좋았다. 산과 산 사이에 강이 있고, 강과 산과 산 사이에 앉아 있는 집의 크기와 모양이 그저 아름다웠다. 나무는 어느 공간에서도 그 자리를, 자기 자리를 차지하고 조화롭다. 집 마당 햇살 속으로 나는 들어섰다. 좋았다. 내 몸에 햇살이 가득 쏟아져 내 작은 몸을 감싸주었다. 아침밥이 다 되었다. 오후 네시경이 되면 해가 뒷산으로 넘어가고 뒷산 그늘이 마을을 덮어 우리집 햇살을 고이 거두어간다. 나는 그것을 보고 있다. 집이 산그늘 속에 잠기고 밤이, 어둠이 서서히 어디서 온다.

밤이 천천히 올 때도 있고 빨리 와 있을 때도 있다. 오늘 하루가 짧다. 마을 뒷산에는 부모님이 계신다. 살아 계실 때 내가 잘못한 게 많지만, 오늘도 어머니 아버지는 우리집을 굽어보시며 우리를 보살피고 계실 것이다. 어머님 아버님이 보시기에 좋도록 어머님과 아버님께서 걱정하시지 않도록 살아야 한다. 오늘 아침 햇살 가득한 우리집을 바라보았을 때 작은 우리 기와집의 환한 모습을 잊을 수가 없다. 이 집은 나의 시다. 어머님은 달이 떠 있을 때 우리집이 그렇게 예쁠 수가 없더라고 하셨었다. 봄이 오고 달이 뜨면 이 산 저 산에서 소쩍새도 운다. 나는 이 집 방에서 시를 공부하고 시를 썼다. 지금도 그런다.

3월 27일

시

그때

슬퍼요

나의 시는.

그때 그냥 지나가도 되었는데

내 말은 그것이 아니었는데

달은 산속에 있고

도달하지 못한 것들을 기다리며

홀로 물가에 앉아

고개 숙이고 있어요.

알 만도 한데

알 것도 같았는데

잡힐 것도 같았는데

내 눈은 너무 멀고

손은 너무 서둘렀어요.

슬퍼요

나의 시는.

그때 산이 말하게 두었어야 했는데

비의 얼굴을 끝까지 바라보았어야 했는데

한발 늦거나

한발 너무 빨랐어요.

강 건너에서 누가 부를 때

그가

날 부르는 줄 알았어야 했는데

그때 뒤돌아보았어야 했는데

슬퍼요

나의 시는.

인생에 한번은 크게

울 사랑을 앞에 놓고

딴짓했어요.

슬퍼요

나의 시는.

그리고 나는

그때 그러니까

그때 뛰었어야 했어요.

그때 뛰어가

무슨 말인가 했어야 해요.

원망스러워요.

산모퉁이가 있다는 것을

나도 그때 처음 알았거든요.

3월 28일

일

기

걱정이야

사람들은 하루종일 엄살을 떨어.
자기들이 저질러놓은 것으로
엄살을 떨어.
엄살떨 일을 안 하면 되는데
그래놓고는, 엄살을 떨어.
자가당착도 유분수지,
정치가 싫으면 안 하면 되잖아.
왜 욕하면서 정치를 해.
언제 너더러, 누가 정치하랬어.
다리 안 놓으면 되는데
다리 놓고
다리 끊어져 죽어가면서 욕해.

전쟁하면서 전쟁을 욕해.

엄살떨며 욕하면서

죽이면서 죽어.

누워서 하늘에다가 침을 뱉고

그 침을 자기가 맞으며

또 침을 욕해.

키가 이 센티쯤 되는 작은 냉이는

남원 광한루 잔디 없는 빈 땅에

외대로 올라와

외롭게 꽃 한 송이를 피웠어.

아무에게도 들키지 않는

비밀의 꽃밭을 만들어놓았어.

나는 내일 그곳으로 가야 해.

오늘부터 축제라고 들었어.

걱정이야.

그 꽃밭을 밟아버렸으면 어떡해.

내일 일찍 문 열면 바로 가볼 거야.

만약 그 꽃밭이 뭉개졌으면

발자국이 꽃밭에 찍혀 있으면

꽃으로 발자국이 그려져 있으면

나는 정말 어떡하지.

그래도 욕은 참을 거야.

아
포
리
즘

나는 저 앞산을 끝내 모르리라

○

자연이 아름다운 것은 서로의 모습이 서로에게 방해가
되지 않기 때문이다.

○

나무가 이룬 아름다운 세상에는 이 세상의 모든 것이 다
찾아간다. 비, 바람, 눈, 새, 벌레 들, 해와 달과 별 들이 찾아
간다. 그리고 사람들도 나무 아래 들어가 그늘 속에 눕는다.

○

이 세상에 그 누구도 파란만장하지 않은 인생 없고 우리
산야에 푸른 소나무치고 가만히 보면 상처 없는 소나무는

없다. 오히려 옹이가 많고 상처가 깊은 소나무일수록 더 웅장하게 자라고 푸름을 세상에 자랑한다. 사람들도 자라면서 만고풍상을 견디고 이겨낸 사람일수록 어려운 일 앞에 한 점 흔들림이 없는 큰 사람이 된다. 어려운 곡절을 넘기고 나면 세상을 이해하는 새 눈이 트이고 사랑이 무엇인지 인생이 무엇인지도 터득하게 되어 산같이 크고 넓은 마음을 갖게 된다. 강 건너 앞에 서 있는 저 푸른 소나무처럼 너는 살아라.

○

저 앞산 하나만 평생을 바라보고 오르며 생각하며 살아도 나는 저 앞산을 끝내 모르리라.

○

어둠이 산에 내린다. 강에 내린다. 산그늘이 한 사람과 또 한 사람을 깊이 덮는다.

○

갈아엎어지기를 기다리는 땅은 이슬과 물기를 머금고 햇

살 아래 반짝인다. 농부가 땅을 고르듯, 마음을 고르라.

○

사물을 바로 보는 일은 삶의 기본이다. 사물을 바로 본다는 것은 세상의 옳고 그름과 삶의 가치를 판단하는 일이다. 자연만큼 큰 스승은 없다. 자연을 자세히 보는 것, 그것이 세상을 자세히 보는 일이다. 산의 능선 하나, 산골짜기의 논 다랑이 하나, 저 빈들에 서 있는 겨울나무 한 그루, 작은 들을 돌아나가는 작은 시냇물, 겨울 언덕에 희게 나부끼는 억새들, 마을 앞에 서 있는 마을 어른같이 든든한 느티나무 한 그루를 보는 일은 큰 공부다.

○

아버지는 풀과 나무와 물과 흙으로 집을 지으셨고, 풀과 나무로 흙에 곡식을 가꾸고 집짐승을 길러 우리들을 키우셨다.

○

어머니는 자연과 일에서 세상 이치를 배우신 분이다. 농부들이 다 그렇다. '경우 바르다'는 말이 있는데, 이 말은 우리 어머니들을 두고 한 말이다. 그분들은 평생 한동네에 살면서 동네 사람들 사이에서 일어나는 갈등과 화해를 적절하게 조절하는 가운데 사람 도리를 알게 되었다. 그분들의 인격은 변하지 않는 인간성이 되었다.

○

옛날에 내가 괭이질과 호미질을 배울 때 아버지가 늘 힘을 빼야 한다, 힘이 너무 들어갔다고 내게 말씀하셨다. 모를 심을 때도 지게를 지고 비탈길을 오르내릴 때도 거름을 뿌릴 때도 늘 힘을 빼라, 힘이 너무 들어갔다고 했다. 모든 일에 힘을 빼라. 힘이란 다른 욕심이다. 사심이다. 힘이 들어간 모든 인간 행위는 무리를 가져온다.

○

평생을 자연 속에서 한 그루 나무처럼, 한 포기의 풀잎처럼 자연으로 사신 어머니, 어머니는 콩이 다닥다닥 달린 콩을 따면서, 벼알들이 찰랑거리는 벼를 베면서, 다닥다닥 달린 고추를 따면서 늘 이렇게 말씀하셨다.

"콩 한 개를 심어 이렇게 콩이 다닥다닥 열렸는데도, 사람들이 이렇게 못산다고 아우성이다."

생태와 순환의 이해는 어머니들 당대에 이루어진 일이 아니다. 오랫동안 농사를 지으며 대대로 이어받은 농사교육과 자연교육의 덕분이었으리라. 그 전통이 점점 사라진다. 동네 할머니 한 분이 돌아가시면 박물관 하나가 사라지는 것과 같다.

○

'사람이 그러면 못 쓴다' 우리 어머니 말씀이다.

○

모내기를 하기 위해 물을 가득 잡아둔 논을 보면 마음이 평화로워진다. 그 논 위로 제비들이 난다. 물새들이 꽁지를 까불거리며 논둑에서 벌레를 찍어 먹는다. 그 논둑길로 농부가 걸어가는 모습은 더없이 평화롭다. 논에 물을 잡아놓고 하루쯤 지나면 물이 맑아지고 그 논물 속에는 산이 내려와 잔잔하게 잠겨 쉰다.

○

곡식을 살리고 자기를 살리고 세상을 살리는 농부들의 농사야말로 그 어떤 예술보다 나에게 감동적인 예술이었다. 허리를 굽혀 땅을 일구고 곡식을 가꾸어 세상을 살려온 농부들의 위대한 공동체적 삶이야말로 우리의 희망임을 나는 지금도 믿고 있다.

○

농악의 가락과 몸짓은 '거짓말' 같아야 한다. 농악은 맺고 풀고 전진과 후퇴, 홀홀 뛰고 뺑뺑 돌고, 예고 없이 치고 빠지고, 지근거리고, 추근거리고, 자발맞게 종종거리고, 장중하고, 채근대고, 꼬시고, 까불고, 보채고, 지분대는 모든 삶의 형태와 언어를 닮은 농민들의 말이다. 농악놀이는 굳게 입을 다문 농민들의 입술에서 핀 꽃이다. 농사일의 침묵이 가락과 몸짓과 행렬과 행진으로 나타난다. 파서 뒤집고 다독이고 공격하고 후퇴하고 진영을 잡고 힘을 모아 다시 공격한다. 농악놀이의 공격은 때로 제자리를 탈환하는 전투다.

○

많이 알고 많이 배운다는 것은 무엇인가. 그것은 생활과 생각과 행동을 단순화하는 것이라고 나는 믿는다. 침묵 속에서만 진실이 보이고 세상이 바로 보인다. 내가 정지해야 움직이는 것이 보인다. 저 자연 속에서 내가 하나의 점처럼 있다. 침묵하는 법, 정지하는 법을 터득해가며.

○

푸르게 우거지는 산으로 꾀꼬리가 울며 난다. 자기처럼, 무심하게 날고 우는 일에만 열중하라고? 한번 그래보라고!

○

나는 자연이 해주는 말들을 받아 적었다. 자연의 질서와 순리와 순환, 그 속의 무구한 사랑과 이유와 확신들, 그리고 거듭 죽었다가 다른 모습으로 살아나는 생명들, 모든 것은 자연에서 오고 자연으로 정리되고 다시 자연이 된다.

○

상생이란 자연과 내가 한몸이고 하나의 핏줄로 이어졌다

는 것에 대한 자각이다. 농부들은 예술가들이었고, 철학자들이었고, 과학자들이었다. 그들은 자연의 위대한 힘을 믿었던 위대한 자연주의자들이었다.

○

나는 내가 태어나 걸었던 강길과 그 길에서 만난 풀과 나무와 봄과 여름의 풀꽃들과 비 오는 산과 눈이 내리는 강물과 몸을 다 눕히는 봄 풀잎들, 새로 잎 피는 나무와 노을이 져버린 겨울 강에 떠 있는 하얀 억새들, 멀리 날아가는 새와 그 속에 허리 굽혀 땅에 씨를 뿌리고 농사를 짓고 사는 농부들을 노래해왔다. 문학을 왜 하는가? 살아야지. 죽어도 괜찮다는 하루를 나는 그냥 살 뿐이다. 내게 문학은 최고의 삶을 사는 일이다.

동
시

미안해요

시언이가 심하게 구토를 했다.

할머니와 엄마가 놀라 어쩔 줄을 모른다.

시언이가 엄마를 보고

"엄마, 미안해요" 한다.

할머니도 놀라 어쩔 줄을 모른다.

시언이가 할머니를 보고

"할머니, 미안해요" 한다.

3월 31일

일
기

돌이 돌의 얼굴을 찾았을 때

1

하루도 달라지지 않은 얼굴은 없다.

앞산처럼 마을을 사랑하자.

2

오늘 아침,

내리는 봄눈을 보며 한 내 생각은 이랬다.

'오늘 하루 눈이 많이 올 생각이 없어 보인다.'

나도 오래 살았다.

3

많은 일이 순식간에 지나가버렸다.

남은 것은 나다.

나는 몰래 나를 버린다.

나도 몰래 나를 버리고 홀로 걷는다.

이미 지나버린 후다.

외로움이 아니다.

슬픔도 아니다.

돌이 돌의 얼굴을 찾았을 때

나무들도 남이었다.

슬픈 일이다.

불안이 있다.

사랑 말고는 뛰지 말자

ⓒ 김용택 2025

초판 1쇄 인쇄 2025년 2월 20일
초판 1쇄 발행 2025년 3월 1일

지은이 김용택
펴낸이 김민정
책임편집 유성원 **편집** 권현승
표지디자인 한혜진 **본문디자인** 이주영
저작권 박지영 형소진 오서영
마케팅 정민호 박치우 한민아 이민경 박진희 황승현 김경언
브랜딩 함유지 이송이 박민재 김희숙 박다솔 조다현 배진성
제작 강신은 김동욱 이순호
제작처 영신사

펴낸곳 (주)난다
출판등록 2016년 8월 25일 제406-2016-000108호
주소 10881 경기도 파주시 회동길 210
전자우편 nandatoogo@gmail.com **페이스북** @nandaisart **인스타그램** @nandaisart
문의전화 031-955-8865(편집) 031-955-2689(마케팅) 031-955-8855(팩스)

ISBN 979-11-94171-38-6 03810